世界众神全书

太喜欢神话了！

Myths from around the World

希 腊 神 话

知中编委会　编著

中信出版集团 | 北京

图书在版编目（CIP）数据

太喜欢神话了！世界众神全书. 希腊神话 / 知中编委会编著. -- 北京：中信出版社, 2021.2 （2021.12 重印）
ISBN 978-7-5217-2458-5

Ⅰ. ①太… Ⅱ. ①知… Ⅲ. ①神话－作品集－希腊 Ⅳ. ①I17

中国版本图书馆CIP数据核字（2020）第226149号

太喜欢神话了！世界众神全书
希腊神话

编　　著：知中编委会
出版发行：中信出版集团股份有限公司
（北京市朝阳区惠新东街甲4号富盛大厦2座　邮编　100029）
承 印 者：北京盛通印刷股份有限公司

开　　本：787mm × 1092mm　1/16　　印　　张：4.75　　字　　数：100千字
版　　次：2021年2月第1版　　印　　次：2021年12月第3次印刷
书　　号：ISBN 978－7－5217－2458－5
定　　价：39.90元

Contents 目录

ZHI CHINA 知中

太喜欢神话了！ 世界众神全书

出版人 & 总经理
苏静

艺术指导
龚心宇

内容监制
陈宝心

插画师
刘婷 / 陈云龙

封面字体
宋康

策划编辑
苏静 / 吕晓婧

责任编辑
谢媛媛

营销编辑
王沛 / 谢沐 / 金慧霖 / 陆琮

撰稿人
何荣峰

发行支持
中信出版集团股份有限公司
（北京市朝阳区惠新东街甲 4 号，
富盛大厦 2 座 邮编：100029）

微博账号
@ 知中 ZHICHINA

微信账号
ZHICHINA2017

联系我们
zhichina@foxmail.com

希腊神话

古希腊文明是由不同城邦共同创造出的成果，在公元前 5 世纪前后到达巅峰，其中与不同城邦有着密切关系的男女诸神，形成庞大的神话家族。这些神祇具备凡人的样貌和性格，但是他们的形象更英俊美丽，更接近完美。有些拥有部分神性的英雄，也加入希腊众神的世界。他们一起冒险、斗争或是恋爱，传诵出流传至今的故事。

古希腊文明式微后，希腊的神话仍以不同的形式存在于各种文学作品中。古罗马人在建立帝国的过程中，也吸纳了希腊的神祇，并将这些神祇的性格与罗马神祇结合，创造出极其相似的神话角色。不仅如此，古希腊神话还大量存在于欧洲艺术中，对文艺复兴时期的艺术家影响深远，为世界的艺术家带来无限灵感。那些从古希腊留存至今的神庙，更成为旅人热衷探访的圣地，后人试图从中感受古希腊神话的神秘魅力。

现在，就跟我们一起穿越到古希腊，体验众神与英雄们浪漫而有趣、英勇而悲壮的故事吧！

他（乌拉诺斯）与伽亚结了婚……

——《希腊神话》，[希]阿波罗多洛斯/著，周作人/译

诸神的始祖 大地女神

我们经常把大地称赞为伟大的母亲，因为她宽厚博大，喂养哺育着一代又一代的人类。但在很久以前，我们脚底下宽阔的大地被古希腊人人格化为一个神灵——大地女神，她的名字叫作盖娅（又译作伽亚）。

没有人知道盖娅何时出现，也没有人知道她如何诞生，人们只知道她自从天地初开便亘古长存。当盖娅初生之时，这世上仍是一片荒芜，没有人类，没有树木，没有动物。

盖娅虽然生性充满激情，但在这样枯燥的环境中，任谁也无法开心起来，她每日愁容满面。后来，她创造出天空之神乌拉诺斯，又和乌拉诺斯一起生下三个百臂巨人和三个独眼巨人。这些独眼巨人尽管只有一只眼睛，却从小力大无穷，在打铁铸造方面天赋异禀，打造出了很多精美的器物，很快便举世闻名。但乌拉诺斯并不喜欢他们，认为他们的独眼太过奇怪。后来盖娅又生出十二个提坦巨人，这些巨人身材魁梧，远远望去就像十二座大山耸立。乌拉诺斯看到他们便大惊失色，满是厌恶。一气之下，乌拉诺斯把百臂巨人和独眼巨人都关进了最黑暗的深渊——塔尔塔洛斯。

天下最慈不过母心，大地女神心疼孩子，便让最小的提坦巨人克洛诺斯打败了乌拉诺斯。后来，盖娅和海洋之神蓬托斯生下海中诸神，而树木、花朵、精灵、人类等生灵也在这一时期出现，才有了后来的故事。

大地女神盖娅

文：何荣峰
绘：陈云龙

据［希］阿波罗多洛斯著、周作人译《希腊神话》（1999）文字想象创作

乌拉诺斯是第一个管领全宇宙的人。

——《希腊神话》，[希] 阿波罗多洛斯 / 著，周作人 / 译

暴虐残忍的天空之神

在日常中，有很多被我们习以为常但又充满光彩的事物，例如天空。

天空变幻莫测，有时清澈湛蓝，抬头望去就像头顶倒悬着一块湖泊；有时阴云密布，像愁眉苦脸的孩子；有时繁星密布，像极了镶满了宝石的画布。我们常常忽略天空的灿烂美丽，但又常常在不经意间被天空惊艳。但在古希腊，天空却是一个暴虐又残忍的神明——天空之神乌拉诺斯的化身。

前面的故事曾提到，盖娅生了好多孩子，当中有百臂巨人、独眼巨人和提坦巨人。然而，乌拉诺斯不仅嫌弃他们外形怪异，还一直很担心技艺高超的独眼巨人和力量强大的百臂巨人会推翻自己的统治，就把这两批孩子都捆缚起来，全部关进了深渊。

这激怒了大地女神盖娅。看着自己的亲生骨肉在深渊备受磨难，盖娅决定为孩子报仇！但盖娅知道自己不是乌拉诺斯的对手，便想找她的儿子们——提坦巨人帮忙。可惜她的前几个儿子在乌拉诺斯的威慑下长大，性格怯懦无比。他们一听到要与父亲为敌，身体就开始发抖，更别提与其交战了。只有她最小的儿子克洛诺斯有勇气接受母亲的委托。

为了打败乌拉诺斯，盖娅给了克洛诺斯一把金刚石镰刀。尽管乌拉诺斯拥有神力，但依旧难以抵挡神勇的克洛诺斯。他俩苦战三百回合，双方都浑身是血。最终乌拉诺斯自知不如克洛诺斯，便一击打退克洛诺斯，想趁势仓皇逃离。但克洛诺斯抓住了乌拉诺斯，并将他打败。从此，克洛诺斯成为神界新的主宰。

天空之神乌拉诺斯

文：何荣峰
绘：陈云龙

据［希］阿波罗多洛斯著、周作人译《希腊神话》（1999）文字想象创作

克洛诺斯

他（乌拉诺斯）又因了伽亚生了那些被称为提坦涅斯的儿子，即是俄刻阿诺斯、科俄斯、许珀里翁、克勒俄斯，和那顶幼小的克洛诺斯……

——《希腊神话》，［希］阿波罗多洛斯 / 著，周作人 / 译

神勇却残忍的神二代

拥有非凡勇气与力量的克洛诺斯，打败了父亲乌拉诺斯，成为第二代神界领袖。

在克洛诺斯掌权时，统治力远胜父亲乌拉诺斯。当时天上地下，不论人神都服从于克洛诺斯。而且那时候正值人类的黄金时代，人们没有烦恼，没有忧愁，仿佛处于传说中的乌托邦一样快乐。但有一个神并未有任何喜悦之情，她就是盖娅。盖娅原以为推翻天空之神乌拉诺斯的统治，她可怜的孩子们便能离开深渊。但谁料克洛诺斯出尔反尔，完全不顾及手足之情，依旧把他的奇怪兄弟们囚禁在暗无天日的深渊之中。盖娅三番五次苦苦哀求克洛诺斯："亲爱的克洛诺斯，求求你了，能不能把我可怜的孩子们从那个暗无天日的鬼地方放出来啊，他们毕竟也是你的手足兄弟呀！"但克洛诺斯就像一块冰冷的石头，连母亲的哀求都置若罔闻。最终，盖娅对克洛诺斯的失望变成了绝望，她开始计划着推翻克洛诺斯的统治。

克洛诺斯的妻子是瑞亚，他们生了很多个孩子。弑父的克洛诺斯害怕得到报应，觉得自己也可能会被儿女杀死，因此每当瑞亚生下孩子，他便一口把孩子吞进肚子里，以为这样就可以高枕无忧了。但哪一个母亲能容忍丈夫吃掉自己的骨肉呢？一连五个孩子被吃掉之后，瑞亚再也无法忍受，她便偷偷找到盖娅："盖娅，能不能请你帮我保护我的第六个孩子，我真的再也不想看着自己的孩子一生下来就被丈夫吃掉了。"这个请求正中盖娅下怀："没问题瑞亚，我一定帮你解决！"孩子降生后，盖娅便用石块充当孩子，交给克洛诺斯吃下，而真正的孩子被养在了克里特岛的山洞之中，由两位女神抚养。这个孩子名叫宙斯，也是后来拥有重要戏份的大神。

宙斯在山洞中喝仙羊阿玛西娅分泌出的奶汁长大，从小他就机敏勇敢，身强力壮，连父亲克洛诺斯都难以比肩。长大后，他才从盖娅那里知道自己复杂的身世，于是决心打败残暴的父亲，解救被关在深渊中的叔叔们。如果想要知道后续的发展，请看下回分解！

文：何荣峰
绘：陈云龙

吞噬孩子的克洛诺斯

据［意］乔凡尼·弗朗切斯科·罗马内利绘油画《克洛诺斯和他的孩子》
（17 世纪，波兰华沙国家博物馆藏）创作

瑞亚因此生了气，在怀孕宙斯的时候，她走到克瑞忒岛（即克里特岛）去，在狄克忒的山洞内产生了宙斯。

——《希腊神话》，[希]阿波罗多洛斯/著，周作人/译

操控雷电的众神之王

宙斯的哥哥姐姐们，全部被亲生父亲克洛诺斯残忍地吞下，只剩他一个人在大地女神盖娅的帮助下才幸免于难。长大后的宙斯，为了报仇，立志要打败自己的父亲。他用羊皮制作了一副坚硬的胸甲，即宙斯之盾。这胸甲刀枪不入，就连父亲克洛诺斯的神力都难以打破。但宙斯知道，哪怕自己能打败父亲，也依旧无法打败父亲的提坦巨人兄弟们。

后来，宙斯得到俄刻阿诺斯的女儿墨提斯的协助。墨提斯给克洛诺斯吃了一服药，结果，克洛诺斯吃完后，胃里就像翻江倒海一样难受，立马呕吐不止，之前的五个子女——赫斯提、得墨忒尔、赫拉、哈得斯和波塞冬，都被他吐了出来。宙斯的哥哥姐姐们也拥有无比强大的神力，因此当兄弟姐妹六神聚在一起时，克洛诺斯完全不是他们的对手，只能仓皇逃离。从此，宙斯六神成为神界新的掌权者。

但他们名义上的亲戚——提坦巨人，却不认可他们，想推翻他们的统治。提坦巨人们来势汹汹，个个要将宙斯杀之而后快。宙斯等神与提坦巨人们鏖战十年，仍没有个结果。宙斯认为双拳难敌四手，提坦巨人们人多势众，自己也得找些得力帮手。他提议从深渊中解救出盖娅的其他孩子们，一来是履行与盖娅的约定，二来可以有更多力量一起对付提坦巨人。宙斯的提议得到了众神的认可。殊不知，这些在深渊里的巨人，就是这场战役的胜负手。

把独眼巨人和百臂巨人从深渊解救出来后，宙斯请求他们帮助自己对抗凶恶的提坦巨人。百臂巨人因被父亲乌拉诺斯关进了深渊，和提坦巨人毫无感情，便爽快地答应了宙斯的请求。但独眼巨人和提坦巨人多少还有一些感情，并不愿与他们敌对，但又不好拒绝自己的救命恩人，所以独眼巨人选择了一种折中的办法。他们不会直接对抗提坦巨人，但是会给宙斯等众神打造精良的武器，

以报答宙斯的解救之恩。

波塞冬得到了一把独眼巨人制造的三叉戟，极大地增强了神力，一旦波塞冬在海中挥舞自己的三叉戟，刹那间，狂风呼啸，浪花翻涌，平静的大海瞬间变成了凶恶的猛兽。另一边，哈得斯得到了一顶隐身头盔，只要戴上头盔，他就会像泥牛入海一样融入空气之中。

独眼巨人们给宙斯打造的武器——霹雳，力量最为强大。靠着霹雳，神力无穷的宙斯拥有了操控雷电的能力，他能发射出像蟒蛇一样粗壮的雷电，将敌人电得皮开肉绽，动弹不得。

得到了帮助的众神如虎添翼，哪怕面对凶神恶煞的提坦巨人，他们也丝毫不惧。更何况，提坦巨人们也并非铜墙铁壁一块，他们内部依旧存在不和谐的声音。像普罗米修斯和厄庇米修斯虽然是提坦巨人，但却认为宙斯才是众望所归的领导者，主张归顺宙斯。但他们人微言轻，无法改变大局，所以他们自愿脱离了提坦巨人，投到宙斯麾下。

最终，经过激烈的大战，宙斯一方大获全胜，提坦巨人们溃不成军。宙斯将提坦巨人囚禁在塔尔塔洛斯深渊，拜托百臂巨人在门口看守，以免他们脱逃。

本来当盖娅得知独眼巨人和百臂巨人获得自由后，心情很愉快。但很快，她又获知提坦巨人们又被关进了深渊，她的心情就像过山车一样急转直下。她明白，依靠他人解救自己的孩子，始终是饮鸩止渴，总有孩子会被关进深渊，最靠得住的还是自己。所以，她制造出两只怪物——提丰和厄喀德娜，让他们去反抗宙斯。这两只怪物一男一女，面容丑恶。提丰长着一百个脑袋，嘴里像含了一座火山，不停喷吐着火焰和岩浆。其身体比山岳还要高，硕大的眼睛滴落的毒液能把地面烧出一个个大洞。哪怕是拥有神力的众神见状也闻风而逃，不敢和他们对抗。

宙斯心里也有几分胆怯，但他深知，如果身为首领的他都转身逃跑，此战必输。他朝着提丰大吼一声，给自己增添了几分胆气，便趁热打铁掷出霹雳不断攻击提丰。霹雳的电光打得提丰不能靠近，提丰只能用蛮力搬起大山砸向宙斯。哪怕宙斯穿着防御力极强的宙斯之盾，也被打得口吐鲜血，像火箭一样飞到远处。当提丰再次想抓起一座巨山攻击宙斯时，宙斯趁机把所有的霹雳之力都打在提丰的手上，提丰一下手软，被压在山底，再也无法动弹。最终，众神与巨人的战争，暂告一段落。宙斯总算可以在和平中主宰万物了。

众神之王宙斯

据［捷克］扎巴·卢卡斯制作宙斯雕像（2013）创作

文：何荣峰
绘：刘婷

赫拉

他（克洛诺斯）吞吃了他的头生的女儿赫斯提亚，随后，得墨忒耳与赫拉，她们之后是普路同与波塞冬。

——《希腊神话》，[希]阿波罗多洛斯/著，周作人/译

美丽而善妒的天后

赫拉长相美丽，就像百合一样洁白，就连宙斯都拜倒在她的石榴裙之下。但赫拉心高气傲，认为自己最高贵美丽，眼里容不下任何别的女子。多情花心且伴侣众多的宙斯，一开始向她求婚时，自然惨遭拒绝。

尽管赫拉像一只高贵的天鹅，总是目中无人，但她内心依旧柔软善良，乐于帮扶弱小。宙斯便抓住了赫拉心肠柔软的特点，在某个风雨交加的夜晚，宙斯变成一只小鸟在赫拉的窗边盘旋，还特意发出凄惨的叫声吸引赫拉的注意。赫拉本来准备入睡，结果看到了这只惹人怜惜的小鸟，不禁怜心大起，连忙打开窗子，让小鸟飞进来躲雨。她看见小鸟的羽毛已被大雨打湿，为了避免小鸟着凉生病，便细心地用手帕擦干小鸟的羽毛，还把小鸟抱在怀里给它温暖。这时，宙斯知道自己的计谋得逞，便又变回原样。赫拉发现怀中的小鸟突然变成了宙斯，不禁吓得大叫一声。赫拉这才知道一切都是宙斯的计谋。赫拉本想继续拒绝，但宙斯的甜言蜜语像一颗颗糖衣炮弹，逐渐击垮赫拉的心防，再加上宙斯本来就神勇不凡，最终，聪明的宙斯巧妙地赢得了赫拉的芳心，并选立赫拉为王后，尊称为众神之后。

在这对天作之合大婚之时，所有生灵都向他们道贺，为他们祝福。大地女神盖娅送给赫拉一棵苹果树作为结婚礼物。这棵树会结出金色的果实，吃下之后人就能得到永生。赫拉深知这棵树的珍贵，特意将它种在赫斯珀里得斯姐妹的花园之中。她派三位女神专门照料这棵树，负责给它浇水、施肥、松土，还派了一头长着一百颗脑袋的巨龙负责看管。

婚后的宙斯，常与凡间女子相爱生子。善妒的赫拉一旦获知，便会惩罚所有和宙斯相爱的女子及她们的孩子，有时就连宙斯也不敢违抗她的旨意。后来，手持神盾的赫拉还被人们奉为婚姻的保护神，负责捍卫婚姻关系。

众神之后赫拉

文：何荣峰
绘：刘婷

据［希］阿波罗多洛斯著、周作人译《希腊神话》（1999）文字想象创作

赫菲斯托斯

赫拉没有（与异性）同床而生了赫淮斯托斯，但据诃美洛斯说，他也是与宙斯所生的。

——《希腊神话》，[希]阿波罗多洛斯/著，周作人/译

技能满分的『机器人』制造者

火神赫菲斯托斯（又译作赫淮斯托斯）是宙斯和赫拉的儿子，拥有操控火焰的能力。他从小喜欢锻造，再加上善于使用火焰，很快就成为技艺高超的铸造之神。

赫菲斯托斯因为长相丑陋，身材瘦小，从小就不被赫拉喜欢。尽管如此，赫菲斯托斯还是非常尊敬自己的母亲。性格温和的他，就像和煦的拂面春风，就连妒火中烧的赫拉都能被他安抚。有一次，父亲宙斯惩罚赫拉，而赫菲斯托斯因为想解救母亲，被暴怒的宙斯丢出了宫殿。赫菲斯托斯因此伤得很重，全身都是伤口，特别是双脚遭受了重击，完全站不起来，只能靠手在地上爬行。他边爬边大声呼救，远远望去就像一只受伤的昆虫在地上蠕动。所幸海洋女神忒提斯听到了他的呼救，细心地替他包扎伤口，照料他的生活起居。赫菲斯托斯的伤势很快就痊愈了，但双腿却落下病根，走路一瘸一拐，而且无法长时间站立。后来，宙斯终于原谅赫菲斯托斯，但却也没办法治好他的双腿。回到奥林匹斯山的赫菲斯托斯，没有体力支持长时间的铸造工作，只好用金子制造了两个会自主活动的侍女"机器人"帮助他。

赫菲斯托斯有两个作坊，一个在奥林匹斯山上，他在这里给众神打造了十二个黄金宝座和各式各样的宝物。正因如此，奥林匹斯山的众神都很喜欢赫菲斯托斯，总是变着花样请求赫菲斯托斯给他们打造物品，而赫菲斯托斯总能完美满足他们的要求。赫菲斯托斯的另一个作坊位于火山之中。有一天，精通铸造的独眼巨人们来到这里，想要和赫菲斯托斯一较高下。双方一共比试了三个回合，最终独眼巨人们对赫菲斯托斯的铸造技艺心悦诚服，从此成为他的助手，心甘情愿地在作坊中为他打铁。

赫菲斯托斯的妻子爱与美之神阿佛洛狄忒，因为嫌弃满是浓烟和灰尘的作坊，怕弄脏她雪白的长裙，很少去作坊探望丈夫。但赫菲斯托斯依旧把阿佛洛狄忒捧在手心宠爱，满足她的一切愿望。可惜，阿佛洛狄忒却并没那么喜欢赫菲斯托斯，他们的感情只能短暂地因赫菲斯托斯的包容延续，但却难以幸福永远，最终两人只能分离。

铸造之神赫菲斯托斯

文：何荣峰
绘：刘婷

据［希］阿波罗多洛斯著、周作人译《希腊神话》（1999）文字想象创作

阿佛洛狄忒

（宙斯）和狄俄涅生了阿佛洛狄忒……

——《希腊神话》，[希] 阿波罗多洛斯 / 著，周作人 / 译

众神倾慕的爱与美之神

爱神兼美神阿佛洛狄忒是奥林匹斯山上代表着美与爱的女神，世人都知道她容貌美丽，举止谈吐无比高雅。

有一天，西风之神在海边轻柔地漫步，在沙滩上留下深深浅浅的纹路。突然他看到海面开始翻滚，浪花朵朵，泛起一圈圈涟漪。西风之神正纳闷海面怎么突生异象，是不是海神波塞冬大驾光临，这时浪花慢慢平息，一个窈窕美人脚踩泡沫浮出海面，一下就迷住了西风之神。她轻声向西风之神问道："请问你是谁？这里又是哪里？"西风之神仿佛中了魔咒的木偶一般，不由自主地对阿佛洛狄忒全盘托出，恨不得把心都掏出来给她看。

拜别西风之神，阿佛洛狄忒又乘着海浪来到基西拉岛，这里气候温暖，百花盛开。她在此遇到了最忠心的追随者——美惠三女神。她们给阿佛洛狄忒穿上一条镶满亮片的长裙，戴上一条价值连城的美丽项链，用白鸽拉着的黄金车带着她来到了众神居住地——奥林匹斯山。

哪怕是高居黄金宝座的诸神，都难以抵挡阿佛洛狄忒的美丽。连以美丽高傲著称的神后赫拉，都不禁多看了她几眼。众神惊艳于她超凡的美丽，便邀请她加入诸神之列，成为爱神。

阿佛洛狄忒进入奥林匹斯山后，众多男神追求她，甚至为她大打出手，反目成仇。宙斯知道此事后，为了稳定大局，减少神殿内的争斗，决定给她挑选一个丈夫。宙斯选中了自己最老实的儿子赫菲斯托斯，阿佛洛狄忒心知难以拒绝众神之王，便只好答应了这桩婚事。铸造之神赫菲斯托斯知道此事后，欣喜若狂，花了好几个月的工夫，费尽心血给未婚妻打造了一条纯金腰带。这条腰带上镶嵌了能激发魅力的魔法，没有人能抵挡系着腰带的阿佛洛狄忒。

但阿佛洛狄忒性格比较外向贪玩，所以她并不喜欢老实的赫菲斯托斯，认为自己的丈夫长相丑陋，整天灰头土脸又毫无趣味。她心中一直更欣赏赫菲斯托斯的兄弟，威猛帅气的战神阿瑞斯，最终背叛了自己的丈夫。

文：何荣峰
绘：刘婷

爱与美之神

据阿佛洛狄忒雕像（公元前 2 世纪，美国保罗·盖蒂博物馆藏）创作

阿瑞斯

宙斯娶了赫拉，生了赫柏、厄勒堤亚、阿瑞斯……

——《希腊神话》，[希] 阿波罗多洛斯 / 著，周作人 / 译

凶残狂暴的不死战神

阿瑞斯

称号　战神

◎ 装　备：铠甲

◎ 特　点：挑起战乱

战神阿瑞斯是众神之王宙斯和众神之后赫拉的儿子。虽然他和铸造之神赫菲斯托斯是亲兄弟，但他们俩的性格完全不同。赫菲斯托斯内心正直，温和善良，而阿瑞斯却凶恶狡诈、高傲残忍，像奥林匹斯山的一头独狼。

阿瑞斯外表高大英俊，看起来风度翩翩。他总穿着闪亮的铠甲，骑着战马四处浴血奋战，回到奥林匹斯山时总是伤痕累累，但很多女神都将其视作阿瑞斯勇敢善战的表现，纷纷仰慕他的英雄气概，就连以魅力著称的爱之女神阿佛洛狄忒也爱慕着他。

但在光鲜帅气的外表之下，隐藏的却是一颗阴暗的心。阿瑞斯喜欢暴虐，崇尚混乱与杀戮，致力于制造纷争，唯恐天下不乱。俗话说“物以类聚，人以群分”，意思是说什么样的人就会和什么样的人待在一起。所以，当我们想要了解一个人的时候，可以先了解那个人周围的伙伴，神其实也是如此。

阿瑞斯最亲密的伙伴是纷争女神厄里斯，她总是挖空心思地制造事端。厄里斯拥有一颗纷乱之果，长得就和我们一般见到的苹果差不多，但却蕴含了无限的黑暗魔力。厄里斯的存在对人们来说，就像最诱人的罂粟花，因为她的存在，人们哪怕打得头破血流也在所不惜。

厄里斯最恶毒的地方在于，她常常喜欢用这颗纷乱之果破坏别人的感情。当她看到某一对朋友关系亲密，就故意把果实丢在他们中间，让他们割袍断义。当她看到一对情侣如胶似漆，她也恶意用这果实引诱他们，让他们互相猜忌，甚至反目成仇。

可谓是臭味相投，阿瑞斯也偏爱混乱。他常常教唆厄里斯把纷乱之果扔到战场之中，他就趁着混乱带着自己凶神恶煞的部属冲入战阵，尽情烧杀抢掠。阿瑞斯等人总像尖刀一样插入战场，所过之处鲜血如小河般长流。阿瑞斯不死不灭，一旦受伤，他便凶性大发，大吼大叫，用更残暴的手段向对手复仇。其实，阿瑞斯的行径让众神厌恶却又无可奈何。但所幸阿瑞斯挑起的混乱，最终总能被雅典娜率领的正义之师摆平。

战神阿瑞斯

文：何荣峰
绘：刘婷

据雕像《战神阿瑞斯》（希腊克里特岛哈德良别墅藏）创作

……赫淮斯托斯，用了斧子劈开宙斯的头，于是雅典那全身武装的（地）从头顶里跳了出来……

——《希腊神话》，[希]阿波罗多洛斯/著，周作人/译

英勇的智慧女神

智慧女神雅典娜（又译作雅典那）既有聪敏的头脑，又有强大的武力，所以她虽以智慧为名，但常常以一只手持着圆盾，另一只手持一柄长矛的形象出现。尽管她是宙斯最喜爱的女儿，但她的出生之路并不平坦，反而充满险恶与坎坷。

希腊神族中的主宰转换，全部是以子反父来完成的。最早乌拉诺斯被克洛诺斯打败，后来克洛诺斯被宙斯打败，这宿命般的矛盾对抗像诅咒一样流淌在这个神族的血液之中。大地女神盖娅曾警告宙斯："你一定要小心，你和墨提斯生下的儿子，一定会危及你的统治，取代你的地位！这是你们家族的诅咒！"本来宙斯并不担心，但墨提斯怀上孩子后，宙斯为了权力，决定让这孩子胎死腹中。

他假意和墨提斯玩游戏，双方互相变成对方说出的东西。墨提斯信以为真，当宙斯说出苍蝇时，墨提斯就如他所说变成了一只苍蝇。说时迟那时快，宙斯趁机一口把她吞进了肚子。但墨提斯可是慎思之神呀，她智计无双，奋力抵抗，最后跑到了宙斯的脑袋里。宙斯本以为这样就可一劳永逸，谁知墨提斯在他的脑子里生出了一个小女孩——雅典娜。墨提斯给雅典娜穿上战袍，为她配上长矛，雅典娜就像跳蚤一样在宙斯脑子里跳来跳去，这使宙斯头疼欲裂。他召来众神替他排忧解难，但众神全都无计可施。最后，宙斯叫来火神赫菲斯托斯，让他用斧子劈开自己的脑袋。宙斯的脑袋刚裂开一条缝，威风凛凛的雅典娜就迫不及待地跳了出来，吓了众神一跳。宙斯看到自己生了个女儿，便放下心来，反而把她当成掌上明珠般宠爱有加。

雅典娜和阿瑞斯一样在战场上所向披靡，但她参与战争是为了给世界带来和平，而不是像阿瑞斯那样故意制造混乱。如果说阿瑞斯是恐怖组织，雅典娜就是维和部队。她也有一个随从，名叫奈基，是一位对雅典娜十分忠诚的胜利女神，总会

陪着雅典娜一起在各地维护和平。但雅典娜并非盲目维和，她有着自己的底线与判断。

曾经有一个英雄名叫提丢斯，他在战场中不幸重伤倒地。雅典娜以为他是一位正义英雄，想挽救他的性命。她特意请求宙斯赐予神奇的药物，这神药可以治好提丢斯的伤，还能让他永生不死。但当雅典娜取得药物来到战场，发现提丢斯正在对敌人进行惨无人道的报复，像敲打豆腐般把敌人的头颅打得粉碎。崇尚正义的雅典娜十分愤怒，为了不让人间多出一个新的恶魔，雅典娜选择放弃救治提丢斯。

除了英勇正义，雅典娜还心灵手巧，相传是她教会希腊人纺织与制陶。从前，有一个女子名叫阿拉克涅，她极其擅长纺织，作品精美绝伦。人们都认为她一定曾受过雅典娜的亲自教导，但她却看不起雅典娜，认为这是自己的天赋。一提到雅典娜，她就会像一头发疯的母狮子一样叫嚣：“别拿雅典娜和我相提并论，我并没有受到过雅典娜的任何帮助！”这嚣张的言论很快就传到雅典娜耳中。雅典娜便化身成老妇人来到她的身边，希望她能谦虚一些。化身老妇人的雅典娜说：“这位美丽的姑娘，你手艺虽然高超，但又何必总是出言侮辱雅典娜呢？”但阿拉克涅完全不知悔改，还大言不惭地说：“别让我遇到雅典娜，否则我就会让她知道谁才是这世间最会纺织的人！”脾气再好的人，也会有生气的时候，雅典娜终于忍无可忍，她变出真身要和女子一比高下。

她们找来一群人围观，让人们来裁定谁织的布更好。她们同时开始织布，两个人的手都快得看不见影子，旁观者不禁屏住了呼吸。雅典娜把她和海神波塞冬比试的场景作为织品的图案。在织布图案中，雅典娜和波塞冬站在岩壁上剑拔弩张，而所有的雅典人民全部在等待他们将为雅典城带来的礼物，每个人的表情都栩栩如生。然而，阿拉克涅在她的作品中故意呈现了众神的错误和缺点，以此来讽刺众神。最后，结果揭晓！雅典娜最终赢得了比试，但她还是非常介意阿拉克涅所织的图案，想要惩罚一下这个不知天高地厚的渎神女子。

不过，女神雅典娜十分欣赏阿拉克涅的技艺，并不忍心杀死她，于是便施法把她变成了蜘蛛。从此，阿拉克涅终生都在屋里织网，一张又一张，直到生命的尽头。

智慧与战争女神雅典娜

据奥地利国会大厦前
雅典娜雕像创作

文：何荣峰
绘：刘婷

波塞冬

他（克洛诺斯）吞吃了他的头生的女儿赫斯提亚，随后，得墨忒耳与赫拉，他们之后是普路同与波塞冬。

——《希腊神话》，[希]阿波罗多洛斯/著，周作人/译

『兴风作浪』的大海主宰者

海神波塞冬是宙斯的哥哥，天生亲近海洋，在海洋中如鱼得水。他也有着像大海一样蔚蓝深邃的眼睛，头发也染上了海洋的蓝色。他的性格狂躁暴虐，最不喜欢安静地待在家里，常骑着海浪变成的马匹四处巡视。

他有一柄独眼巨人打造的三叉戟。这把戟威力无穷，当他在陆地上用它撞击地面，一下子就会山崩地裂。当他在海里挥舞它，天地变色，狂风暴雨怒潮生。但反过来，他也可以把大海安抚得像个乖巧的孩子，所有船只出行顺利平安，所以，沿海的渔民会把波塞冬当成他们的保护神。

波塞冬曾经很喜欢一座希腊的城池，想把它据为己有。但雅典娜刚好也看上了这座城，便想和波塞冬竞争。双方争吵不休，最终他们想出一个办法，决定各自送这座城市的居民一份礼物，按居民的喜好投票决定城池的归属。将选择权交给居民，意味着权力由神灵转给人类，这无疑是一个公平且民主的办法。

波塞冬心想："这城里的居民看起来引水不便，那我就给他们创造一个更方便的水源。"想到这里，波塞冬就自信满满地用三叉戟在石壁上敲出了一道裂缝，裂缝里立马咕噜咕噜地流出了一股清泉，人们看到泉水十分开心。看到居民开心的笑脸，波塞冬以为自己已经胜券在握，一定能拿下这座城，便挑衅雅典娜说："我亲爱的侄女，大家这么喜欢我送的礼物，不知道你能拿出什么宝贝比这泉水更让人喜欢呢？"雅典娜针锋相对地回应道："别担心，您还不一定赢，我一定会拿出比这泉水更好的礼物。"说完她送给居民一棵橄榄树，这就是人世间第一棵橄榄树。但城里的人们从没见过这样的树，都感觉十分困惑。波塞冬看到此景，更是哈哈大笑。

最终的结果却令人大跌眼镜，以压倒性的优势获胜的神是雅典娜。原来，波塞冬久居海中，忘记了人们都用淡水，他的泉水又咸又涩，根本无法使用。而雅典娜的橄榄树结出的果实既能吃，又能榨油，木材还能用来盖房子，深受居民喜爱。波塞冬心有不满，还想兴风作浪淹没整座城，所幸宙斯介入，这座城才免于一劫。后来这座城就以雅典娜的名字命名为雅典。

海神波塞冬

文：何荣峰
绘：刘婷

据丹麦哥本哈根港口的波塞冬雕像创作

阿波罗

勒托与宙斯发生关系，到处被赫拉所迫害，直到后来逃至得罗斯，先生产了阿耳忒弥斯，又因了阿耳忒弥斯的帮助接生，生产了阿波隆。

——《希腊神话》，[希]阿波罗多洛斯/著，周作人/译

主宰光明的音乐之神

阿波罗

称号：太阳神 音乐之神 理性之神

◎ **装　备**：银色弓箭、里拉琴

◎ **特　长**：唱歌、射箭

太阳神阿波罗（又译作阿波隆）从生下来就浑身散发着光芒，就像一个小太阳一样耀眼。他主宰光明，冷静理性，也是理性之神。他还热爱音乐，歌声十分优美动人，特别喜欢搜集各种稀奇古怪的声音和乐器，因此也是音乐之神。

他和双胞胎姐姐阿尔忒弥斯（又译作阿耳忒弥斯）的降生历程非常艰难，这是因为赫拉非常妒忌他们的母亲勒托给宙斯怀上双胞胎，禁止勒托在任何土地上居住，就连宙斯也不敢帮助她。勒托十分难过，不知道应如何是好。所幸海神波塞冬用神力在水中创造出一座漂浮岛——提洛（民国时期译作得罗斯）。这座岛因漂浮而不在赫拉的禁令之中，勒托总算能找到地方停歇。但更惨的是，赫拉禁止生育女神伊利赛亚帮助勒托，所以哪怕勒托肚子疼得在地上打滚，也无人协助她分娩。于是勒托强忍着痛苦生下了阿尔忒弥斯。阿尔忒弥斯天生就拥有神力，在她的帮助下，勒托又成功生下了阿波罗。

阿波罗是宙斯众多孩子中最出色的一位，也是宙斯神谕的传达者。他憎恶一切肮脏与不纯洁，曾经杀死巨蟒，建立起著名的特尔斐神庙。

或许你会好奇，特尔斐是个什么地方？它是全希腊最神圣的地方，无数信众来这里询问自己的未来。这里曾经是黑暗巨蟒的巢穴，这条蟒是一条年纪很大的老蟒，性格极其自私，无恶不作。它曾经追杀过当时正在怀孕的勒托，因此阿波罗一直想替自己的母亲报仇。

当巨蟒看到阿波罗时，知道这是上门寻仇的仇家，立马张口吐出混合着火焰的毒液，但阿波罗轻巧地躲开了它的攻击。巨蟒见一击落空，又想甩尾攻击阿波罗，但依旧没有成功！相反，阿波罗拿着宙斯送给他的银色弓箭，一有间隙弯弓便射。而巨蟒身躯巨大，完全躲避不开，就是一个活靶子。最终，阿波罗轻松地杀死了巨蟒，在它的巢穴上建起一座太阳神神庙，即特尔斐神庙。因此，阿波罗便成为特尔斐神庙代传神谕的神。从此，所有信众、王国都将太阳神阿波罗视为神谕的代言人，阿波罗在希腊神界拥有极高权威。

音乐之神阿波罗

文：何荣峰
绘：刘婷

据《手持里拉琴的阿波罗》坐像
（公元 2 世纪，意大利那不勒斯国家考古博物馆藏）创作

阿尔忒弥斯

勒托与宙斯发生关系，到处被赫拉所迫害，直到后来逃至得罗斯，先生产了阿耳忒弥斯，又因了阿耳忒弥斯的帮助接生，生产了阿波隆。

——《希腊神话》，[希]阿波罗多洛斯/著，周作人/译

高冷的狩猎女神

阿尔忒弥斯是阿波罗的双胞胎姐姐，她和阿波罗一同长大，如果说阿波罗像太阳一样温暖炽热，阿尔忒弥斯就像月亮一样柔和清冷，自然就成了月亮女神。她从小喜欢一个人生活，也对男女情爱毫无兴趣，唯一的爱好就是狩猎。她曾经向宙斯请求永不结婚，永远在森林里自由自在地狩猎嬉戏。宙斯十分宠溺她，便答应了她的请求，所以她成了重视贞洁名誉的处女神。

作为猎人的保护神，她常常在如水的月色里，坐着由四只金角雌鹿拉着的银色战车，在森林中穿行狩猎，身后跟着几十个仙女随从和几十只猎狗。每当狩猎结束，她总会带着侍女在一个幽深安静的水潭里洗澡，静静地在水中放空思绪，舒展自己劳累的身体。

有一晚，阿尔忒弥斯正在洗澡，一个叫亚克托安的猎人带着猎狗正好路过此处。他本来只想带猎狗在水潭里喝水，谁知正好看到女神赤裸着身体和仙女在水中嬉戏。这时敏锐的女神发现有人偷窥，转头望向亚克托安。他们四目相对，一方眼中有愤怒的火焰，另一方羞愧难当。阿尔忒弥斯愤怒地施法，用水把亚克托安淋成一只落汤鸡，还没等他擦掉头顶的水渍，他惊讶地发现自己变成了一只鹿。女神还驱使着猎狗向亚克托安扑去。亚克托安想喝止自己的猎狗，结果发现自己已经发不出人声。最终，亚克托安被自己的猎狗撕咬成碎片，凄惨地死去。

阿尔忒弥斯和阿波罗一样，最讨厌那些不尊敬自己母亲的人。曾经有一个名叫尼俄伯的王后认为自己出身高贵，子女优秀，是天底下最值得信仰的人。但她的臣民们却信仰阿尔忒弥斯的母亲勒托女神，所以她一直讨厌勒托，还禁止臣民崇拜，甚至推倒勒托神庙、祭坛，建立自己的神庙。阿尔忒弥斯姐弟因此十分生气，决定惩罚尼俄伯。他们找上门去，射死她的十四个孩子，还厉声说：“胆敢侮辱我们母亲的人类，这就是你渎神的代价。”尼俄伯为此十分难过，所有的骄傲就像玻璃一样，瞬间碎了一地，她泪流不止，最终变成了一块石头。

狩猎女神阿尔忒弥斯

文：何荣峰
绘：刘婷

据阿尔忒弥斯雕像（公元 1—2 世纪，法国卢浮宫博物馆藏）创作

赫尔墨斯

最长的迈亚与宙斯交会之后，在库勒涅的山洞内生了赫耳墨斯。

——《希腊神话》，[希]阿波罗多洛斯/著，周作人/译

古灵精怪的淘气鬼

赫尔墨斯（又译作赫耳墨斯）是奥林匹斯山上最受欢迎的神祇。他常常戴着宙斯赐给他的金色帽子，身上披着一条短斗篷，脚下穿着一双漂亮鞋子。他的帽子和鞋子两侧都有一对可爱的小翅膀，让他能自由地在奥林匹斯山和地府之间来回飞行，所以他也被誉为众神的使者。而他的短斗篷就像一个异次元收纳箱，只要他把东西往斗篷里一丢就消失得无影无踪，因此他常常被盗贼和旅人视作保护神。

赫尔墨斯是宙斯和提坦巨人的女儿迈亚的孩子，为了躲避善妒的赫拉，他从出生就和母亲一起生活在一个深邃幽暗的山洞里。他从小就极其淘气聪慧。有一回，他趁着母亲熟睡，蹑手蹑脚地混入太阳神阿波罗的牛场中，偷走了最好的五十头牛。在漆黑如墨的夜色中，他就像幽灵一样无迹可寻。为了不让阿波罗发现是自己干的，他特意把足迹伪装成巨人的样子。

安全离开牛场后，他选出两头最好的牛祭祀奥林匹斯山上的主神，把剩下的牛藏在小树林里。祭祀完毕后，他灵机一动，将祭祀剩下的七根牛肠紧紧地绑在一个空龟壳上。当他用手指轻弹牛肠，龟壳便会共振发出清脆悦耳的声音，这音色极其独特，天上地下只此一家，相传这就是乐器竖琴的由来。

天亮之后，阿波罗发现自己的牛不见了。他请下一道神谕：“神谕快告诉我谁偷了我的牛！”神谕直指山洞中的赫尔墨斯。阿波罗大发雷霆，直奔山洞，却找不着牛，一气之下便抓着赫尔墨斯去找众神评理。阿波罗大喊：“大家快来处罚这个偷牛贼！”但众神一看到赫尔墨斯就忍俊不禁。最终还是两人的父亲宙斯出来裁决，让赫尔墨斯把牛还给阿波罗。但当阿波罗看到少了两头牛时，他的怒气就像火山一样喷发，想揍赫尔墨斯一顿。机智的赫尔墨斯连忙拿出自己制作的独特乐器献给热爱音乐的阿波罗。阿波罗看见乐器喜上心头，一下怒气全消，还愿意用自己所有的牛交换这乐器。

后来，赫尔墨斯成为奥林匹斯山第十二位主神，给众神带来欢声笑语，就连赫拉都对他备加宠爱。他也不忘本，将母亲从阴暗的山洞中接到环境优美的奥林匹斯山，母子生活十分幸福。

诸神的使者赫尔墨斯

文：何荣峰
绘：刘婷

据佚名作木刻版画《赫尔墨斯》（1878）创作

得墨忒尔

他（克洛诺斯）吞吃了他的头生的女儿赫斯提亚，随后，得墨忒耳与赫拉，他们之后是普路同与波塞冬。

——《希腊神话》，[希]阿波罗多洛斯/著，周作人/译

爱女心切的收获女神

收获女神得墨忒尔（又译作得墨忒耳），掌管着农作物和树木的繁育与收获，经常穿行在田野与树林。她没有别的爱好，所有的注意力都放在自己的心头肉——女儿普西芬尼身上，不论去哪儿都会带着她。但智者千虑，必有一失。有一次，优雅迷人的普西芬尼和仙女们一起采花，结果却被冥王哈得斯趁机劫走了！

当得墨忒尔发现自己的女儿不知去向，她大惊失色，连忙出门寻找女儿，但怎么也没找到。她悲伤过度，眼泪直流。当得墨忒尔哭泣时，任何作物都无法生长发育。人们惊恐地发现，鲜花慢慢开始枯萎，树叶日益枯黄，大雪也慢慢盖住大地母亲的脸，饿死的人和动物越来越多。众神也为此感到担忧，纷纷请求得墨忒尔放过世间生灵。但失去女儿的她根本不想理会万物的生死，宙斯几次发下神谕，她都当成耳边风，一心寻找女儿。

可怜的得墨忒尔一路奔波劳累，走过一座又一座城池，走遍了山川湖海，脚底都被磨出一个又一个血泡，依旧找不到自己的女儿。最后，能听见和看见一切的赫利奥斯于心不忍，他告诉得墨忒尔：“你的女儿其实被冥王哈得斯掳走了，这都是宙斯默许的。”她愤怒极了，直奔冥界。但哈得斯闭门不出，装作无事发生。悲愤交加的得墨忒尔，像一阵旋风一样冲上奥林匹斯山，威胁自己的弟弟宙斯说：“如果你不让哈得斯把我的女儿还来，我就让这大地万物都给她陪葬！”宙斯无奈，只得让赫尔墨斯传令哈得斯放出普西芬尼，母女这才得以团聚。

得墨忒尔抱着女儿痛哭流涕，以为两人再也不会分开。谁知，离开冥界前，普西芬尼不小心吃了冥界的几颗果实，但凡吃过冥界食物的人、神都必须留在冥界。得墨忒尔没有办法，只能向宙斯求情。宙斯于心不忍，便允许普西芬尼一年中四分之一的时间在冥界，另外四分之三的时间回到地面和母亲团聚。

当得墨忒尔母子团聚时，大地便生机勃勃，一片繁荣；而普西芬尼在冥界时，得墨忒尔便忍不住悲伤，大地一片萧条冷清。这就是四季春夏秋冬的由来。为了寒冷时节人类不挨饿受冻，得墨忒尔教会人类春种秋收冬藏。从此，人类再也不惧怕寒冷的冬天。

收获女神得墨忒尔

文：何荣峰
绘：陈云龙

据《得墨忒尔》雕像（法国卢浮宫博物馆藏）创作

在月份满足的时候，宙斯打开所缝的线，生下狄俄倪索斯来，交给了赫耳墨斯。

——《希腊神话》，[希]阿波罗多洛斯/著，周作人/译

葡萄酒的『发明者』

多情的众神之王宙斯，曾经和美丽的底比斯国公主塞墨勒相恋，但众神之后赫拉妒忌塞墨勒公主，她特意化身为一个老妇人去挑拨他们的关系。她故意称赞塞墨勒：“您真是个美丽的女子，想必您的丈夫一定是一个了不起的男子。”塞墨勒开心地说：“没错，我的丈夫告诉我他就是众神之王宙斯。”赫拉听完醋意更浓，但还是强颜欢笑：“可他都没有给你显露过真身，你怎么知道他就是宙斯？”赫拉的话在塞墨勒心中种下了怀疑的种子，所以塞墨勒向宙斯提出：“亲爱的丈夫，我希望你能实现我的一个心愿。”宙斯没有多想就答应了她。结果塞墨勒让宙斯给她显露真身，宙斯不能违背自己的诺言，只能照做。但凡人根本无法承受神释放的强烈光辉，可怜的塞墨勒就在神光中瞬间灰飞烟灭，宙斯只来得及救下她腹中尚未出世的孩子。为了孩子的健康生长，宙斯把孩子缝在自己大腿的皮肤下吸取营养。不久后，这个孩子顺利降生，他就是酒神狄俄尼索斯（又译作狄俄倪索斯）。他是奥林匹斯众神中最年轻的一个，也是十二主神中唯一一个母亲是凡人的神灵。

宙斯担心赫拉又会加害狄俄尼索斯，便拜托信使赫尔墨斯把儿子狄俄尼索斯带到赫拉找不到的地方生活。赫尔墨斯带着小小的狄俄尼索斯翻山越岭，最终把他安置在山谷之中，交给山谷仙子抚养长大。

就这样，一天又一天过去了，狄俄尼索斯快乐地长大成人。他每天都和老虎、豹子这些动物一起玩耍嬉戏。有一天，他发现了如何栽培像紫水晶一样的葡萄，再后来，他把葡萄封在密闭容器中，结果过一段时间，发现里面的液体回味无穷，这就是传说中葡萄酒的由来。

然而，赫拉并没有打算放过狄俄尼索斯，她施法使他得了疯病，四处流浪。后来他每走到一处，便传授当地人如何酿酒，就这样越来越多的人学

会了酿酒。在这个过程中，狄俄尼索斯的信众越来越多，每次出行都如众星捧月，人们把他当成人间新的神明——酒神。

有一天，狄俄尼索斯慵懒地躺在海滩上晒太阳。这时，一艘船头悬挂着骷髅的海盗船正好靠岸，恶鬼般的海盗看狄俄尼索斯衣着华贵，身体柔弱，想必是哪一国的王公贵族，便把他掳到船上。海盗们把狄俄尼索斯紧紧绑在柱子上，然后拔出明晃晃的大刀威胁他说出自己的出身来历，想借此勒索一大笔钱财。在大刀面前，狄俄尼索斯依旧面不改色，反而像君王临朝一样充满威严。他平静地对海盗们说：“我并不是你们想象中的王公贵族，而是酒神，你们把我送回去，我不和你们计较，反而给你们丰厚的报酬。”海盗船长狞笑着说道：“你当我是三岁小孩吗？我就这么把你送回去，不知道的人还以为我怕了你这毛头小子！别说废话，快告诉我你到底是哪一家的人！”狄俄尼索斯见这群海盗执迷不悟，决心给他们一个教训。他施法让美酒流满船板，用一根根碗口粗的葡萄藤蔓紧紧捆住所有海盗。海盗们这才知道闯下了大祸，连忙向狄俄尼索斯求饶：“对不起，我们知道错了，请您高抬贵手，放过我们吧！”但狄俄尼索斯并没说话，他操控藤蔓，把海盗们全部丢到水里。海盗们以为自己逃过一劫，正想靠着水性逃生，结果发现自己的手脚都不见了，变成了长着尾巴、嘴巴又尖又长的动物。这就是传说中海豚的由来。

狄俄尼索斯不仅会把人变成海豚，还掌握着点石成金的秘术。有一次，狄俄尼索斯的老师山林之神老西勒诺斯，误闯国王迈达斯的宫殿，结果却受到迈达斯热情友好的款待。为了感谢迈达斯，狄俄尼索斯决定帮他实现一个心愿。迈达斯最沉迷的事物是金子，所以他请求狄俄尼索斯教他点金术，使他手指碰到的东西都变成金子。狄俄尼索斯满足了他的愿望，迈达斯兴致勃勃地将自己的桌椅都变成了金子。但当他刚想吃点东西时，他发现他手上的食物全部变成了金子。他惊恐地大叫：“我刚刚说错了，我想让所有东西变成金子，除了我的食物。”狄俄尼索斯再次满足他的愿望。正当迈达斯高兴地拥抱自己的小女儿时，却发现自己的小女儿立马变成了金子。这次迈达斯痛哭流涕，后悔万分地请求酒神取消他的心愿。仁慈的酒神最终答应了他的请求，迈达斯也终于明白亲情比黄金更珍贵。

酒神狄俄尼索斯

据狄俄尼索斯雕塑（公元 2 世纪，俄罗斯艾尔米塔什博物馆藏）创作

文：何荣峰
绘：刘婷

赫斯提

他（克洛诺斯）吞吃了他的头生的女儿赫斯提亚，随后，得墨忒耳与赫拉，他们之后是普路同与波塞冬。

——《希腊神话》，[希]阿波罗多洛斯/著，周作人/译

贞洁善良的火焰女神

宙斯的姐姐赫斯提（又译作赫斯提亚）是掌管火焰的女神，同时也是灶神。赫斯提是克洛诺斯的长女，所以她实际是奥林匹斯山上最年长的神。她本来也是奥林匹斯山上的十二主神之一，但当酒神狄俄尼索斯来到奥林匹斯山之后，她自愿把黄金宝座让给了狄俄尼索斯。狄俄尼索斯特别困惑："为什么你突然要将神位让给我？我只是一个初来乍到的新神，哪里有资格坐上黄金宝座呢？"她一边从宝座上站起，一边对众神说："这里本来就不是我的位置，我还是待在圣火边上更自在。"狄俄尼索斯无法推辞，只得接受了赫斯提的提议，从此狄俄尼索斯对赫斯提十分尊敬。

曾有神对赫斯提表达过爱慕之情，但赫斯提的心就像坚冰一样冰冷坚硬，纵使再热情的火焰都无法将其融化。她请求宙斯让她一生都保持贞操，宙斯答应了她的请求。赫斯提也因此成为女性贞洁的保护神。

赫斯提还是灶神。在传统观念中，炉灶是家庭的核心，也是祭祀诸神的祭坛。就如同在中国的传统中，兄弟分家的标志就是另起炉灶。每家每户都会有一个灶台，因此每家每户都会在家里祭祀这位女神。赫斯提还负责家庭中的日常烹饪，以及祭祀食物的准备，人们每次献给神的礼物都会由她统一管理和分配。因此在所有祭祀中，人们总会先提到赫斯提，而她在所有神祇的庙宇中都拥有一份祭品。

灶火的意义并不止于家庭范畴，更是一种传承和文化的象征。在古希腊，每当有军队出征殖民，便会从赫斯提圣灶中引火，再把火苗放入新征服地的灶膛中，这象征着传统的延续。这类似于植物会通过动物把自己的种子传播到各处，它便可以在其他地方开枝散叶。而公共壁炉常常位于城镇的要地，这象征着社区的团结和共同的崇拜。赫斯提是一个善良大方的女神，哪怕没有丰厚的礼物，只要信众诚心地在壁炉前向她朝拜，她便会保护他们。

文：何荣峰
绘：刘婷

火焰女神赫斯提

据［希］阿波罗多洛斯著、周作人译《希腊神话》（1999）文字想象创作

他（克洛诺斯）吞吃了他的头生的女儿赫斯提亚，随后，得墨忒耳与赫拉，他们之后是普路同与波塞冬。

——《希腊神话》，[希]阿波罗多洛斯/著，周作人/译

人见人怕的冥王

冥王哈得斯（别名普路同）是宙斯的哥哥，他性格内向，阴狠偏激，是人见人怕的家伙。他掌管着被冥河环绕的冥界，成为所有亡魂的君王，睡神和梦神都是他身边忠诚的追随者。

所有凡人死后，都会被众神的信使赫尔墨斯带领到冥河边上。冥河就像一条分界线，区分人间和冥界。冥河河水汹涌，灵魂在其中会遭受侵蚀，最终魂飞魄散。为了到达冥界，亡魂必须拜托摆渡人卡隆送他们过河。卡隆极度贪财，恨不得把每个过河的亡灵洗劫一空。侥幸带着钱财的亡灵，被卡隆榨干钱财就能去到冥界，但如果没有提供让卡隆满意的钱财数量，卡隆便是最冷酷的魔鬼，不管亡灵如何哭喊哀求，都只能在冥河边徘徊。对此，冷漠的冥王哈得斯也只是视而不见。这就是为什么人死之后，往往会在尸体舌头下面压一枚银币的原因，这就是给卡隆的过路费，好让亡魂顺利到达冥界。

哈得斯和冥后普西芬尼一同居住在一座巨大的宫殿中，整座宫殿都透着一股阴冷萧索的气息。冥后普西芬尼在冥界一点都不快乐，因为这里阴冷黑暗，不见天日，没有鸟语花香，更何况她是被哈得斯强掳过来的！

有一天，美丽的普西芬尼正在草地上采摘鲜花，快乐得就像一只翩翩起舞的蝴蝶。花丛繁密迷人眼，普西芬尼不小心远离了自己的同伴，这时她脚下的地面突然裂开一条巨大的缝隙，她连呼救都来不及，便被这巨口一样的深渊悄无声息地吞没了。原来，冥王哈得斯有一次在花园里遇见普西芬尼，就爱上了她的美丽容颜，对她念念不忘。但他深知普西芬尼不会答应自己的求爱，便决心强掳她到冥界，把生米煮成熟饭，所以才有了这次策划良久的“绑架”。

普西芬尼醒来后，发现自己已经在哈得斯的冥宫之中，她不停哭喊：“求求你了，哈得斯，放过我吧。”但哈得斯不为所动，只是不停给她送来珍宝首饰。渐渐地，普西芬尼知道自己在劫难逃，心逐渐冰冷若磐石，再美丽的首饰都不能博得她一笑。她看似接受了一切，但实际只是逢场作戏，内心像冰雪一样寒冷，一直在等待着母亲得墨忒尔来救她。

文：何荣峰
绘：刘婷

冥王哈得斯

据雕像《哈得斯与刻耳柏洛斯》（希腊克里特考古博物馆藏）创作

厄洛斯

厄洛斯出生后，宙斯想杀死他，但为阿佛洛狄忒所救，把他藏入密林，由母狮哺养。

——《神话辞典》，[苏联] M.H. 鲍特文尼克等 / 编著，黄鸿森、温乃铮 / 译

创造爱情的爱神

在希腊的一些古老文献记载中，厄洛斯是一位很早就出现的原始神。但更多时候，厄洛斯被认为是爱与美之神阿佛洛狄忒的小儿子，与罗马神话中的丘比特相对应，他像月老一样能在人与人之间创造爱情。

厄洛斯长相俊美，有一头卷卷的金发，身后有翅膀，常常带着一张金色小弓和箭袋，在天上人间四处游荡，活像一个小天使。

厄洛斯的弓箭有神奇的魔力。他有两种箭矢，一种箭是由纯金制成，箭头锋利无比，只要被这弓箭射中的人或神，就会瞬间燃起爱情的烈火。另一种箭矢是由铅制成的，箭头秃钝，谁中了都会瞬间失去爱情的欲望，甚至会一下子厌恶热恋中的爱侣。但他的性格就像天气一样反复无常，不知道何时会射出哪种箭矢，所以我们的恋爱也让人捉摸不清。

厄洛斯最出名的事迹当然是与爱情有关的。普赛克是人间出了名的美女，甚至有人说：“普赛克是和阿佛洛狄忒一样的美女。”阿佛洛狄忒知道这事后非常不满，于是派厄洛斯去惩罚普赛克：“厄洛斯，快给我惩罚这个不知死活的女人”。但厄洛斯早已为普赛克的美丽所倾倒，所以他偷偷引导普赛克来到一个隐秘的仙宫之中与她成婚。但普赛克从没有见过厄洛斯的脸，因为他曾嘱咐普赛克：“如果你看到我的脸，我们便会分离。”白天，厄洛斯用声音陪伴她，晚上便在黑暗中与她同床共枕。

一开始，普赛克感觉自己像公主一样幸福，但在两个姐姐的挑拨下，她对丈夫的容貌充满了好奇。有一天晚上，普赛克趁丈夫睡着，偷偷点亮油灯，偷看丈夫的长相。她被厄洛斯的俊美所惊，一不小心把灯油滴到他的身上，惊醒了厄洛斯。当厄洛斯发现自己真容暴露，便展开双翅离开了仙宫。

普赛克十分后悔，到处寻找自己的丈夫，最后才找到了阿佛洛狄忒那里。女神一直对她心有不满，见她自投罗网，便每日像对待畜牲一样驱使她。最后，普赛克帮阿佛洛狄忒做好了三件事——一天之内分拣混在一起的谷物，取得金羊毛，向冥后讨要美丽，女神才允许她见厄洛斯。最终，厄洛斯被普赛克的深情打动，求宙斯允许他与普赛克完婚，普赛克也因此得到了永生。

爱神厄洛斯

文：何荣峰
绘：刘婷

据雕像《持弓的厄洛斯》（公元 2 世纪）复制品
（意大利罗马卡比托利欧博物馆藏）创作

在狄俄尼索斯的随从中常常能看到伴神潘。

——《希腊神话》[俄] 尼・库恩 / 著，朱志顺 / 译

众神中最完美的舞蹈家

森林之神潘长得不像其他男神那样英俊潇洒，反而长得很像一只山羊，所以他同时也是猎人、牧羊人的保护神。潘毛发旺盛，身上长着乱糟糟的深色杂毛。他头顶长着两只犄角，脚就和山羊一样是两只蹄子。

潘的妈妈是一位女神，当她看到刚出生的儿子竟然长着羊角和羊蹄子，就受到惊吓，惊慌失措地逃走了。所幸，潘的父亲赫尔墨斯不仅没有被吓到，反而非常喜欢这个相貌奇特的小男孩。赫尔墨斯身为众神的使者，经常来往于众神的居所，而他经常把这个小家伙带在身边。久而久之，众神们就熟悉了机灵古怪的潘。

等潘长大后，赫尔墨斯把潘带到奥林匹斯山。但奥林匹斯山的众神并不喜欢这个像山羊的男孩，都不太愿意和他说话。潘敏锐地察觉到众神的不适，便很自觉地找借口离开了奥林匹斯山。

潘不像其他神灵一样，有高耸入云的豪华宫殿，而是选择栖息在自然之中，就像中国道教里的隐居道士一样。潘十分喜欢音乐和舞蹈，希腊诗人品达称他为“众神中最完美的舞蹈家”。心情好的时候，潘就踩着月光的剪影，吹着牧笛，和一群仙女一起唱歌跳舞。心情不好的时候，他就选择一个人躲在幽静的山洞里。这个时候千万不要打扰他，否则他就会发出凄惨至极的尖叫声，听到的人一定会被吓得瘫坐在地。

潘曾经因厄洛斯的金箭，爱上一个名叫昔林克斯的山林女神。但昔林克斯很嫌弃潘的外貌，每天都恨不得钻到地底躲着他。潘却越挫越勇，每天都跟在昔林克斯的屁股后面。有一次，昔林克斯为了躲避潘，逃到河边，眼见潘就要追上来，便苦苦哀求河神赶快帮助她变形。就这样，她被变成了芦苇，潘根本看不见她的影子。潘难过极了，一屁股就坐在地上，怅然若失。这时，一阵清风吹过，芦苇摇晃，发出沙沙的声音。潘很喜欢这个声音，便把七根长短不一的芦苇绑在一起，做成牧笛，将其命名为昔林克斯。这样一来，每当他吹奏这个乐器，就能想起美丽的昔林克斯。潘还曾用这个乐器和精通音乐的阿波罗比试，但输得很惨。从此，这位天才音乐家，只给亲近的仙女吹奏牧笛。

森林之神潘

文：何荣峰
绘：刘婷

据《教导达菲尼斯吹笛的潘》雕像（前 100）复制品
（意大利那不勒斯考古博物馆藏）创作

阿斯克勒庇俄斯

“最佳医生”阿斯克勒庇俄斯是医药之神，无论在古代的希腊和罗马，他都同样受到人们的欢迎。

——《神话与传说：图解古文明的秘密》，[英]菲利普·威尔金森/著，郭乃嘉、陈怡华、崔宏立/译

心慈人善的医疗高手

医神阿斯克勒庇俄斯是阿波罗的儿子，他常常带着一根木杖，上面总缠着一条蛇。尽管蛇看似充满攻击性和毒性，但其实蛇一生都会蜕皮，所以也代表着恢复与更新。

传说，阿斯克勒庇俄斯生来就被遗弃了。但他大难不死，被一只有灵性的母山羊用羊乳养大。还有一只狗，像最忠实的卫士一样，守护着他不被野兽叼走。阿斯克勒庇俄斯从出生那天起，浑身就环绕着一圈七彩光晕，像襁褓一样保护着他。就这样，他从小在山林中生长，对各种植物了如指掌。

后来，阿波罗怜惜自己的孩子，把他送到了人马兽喀戎处寄养。喀戎精通医术，见阿斯克勒庇俄斯对医术有兴趣和天赋，便手把手地将自己所有的医术和药物知识倾囊相授。阿斯克勒庇俄斯勤奋好学，虚心求教，很快就学会了喀戎所有的本领，成为世间数一数二的名医。

尽管声名远扬，但阿斯克勒庇俄斯非但没有借此敛财，反而更热衷于无偿治病救人。女神雅典娜非常欣赏他，为了帮助他在医术上更上一层楼，她将女妖美杜莎的血液送给他。雅典娜说：“你是一个了不起的医生，品德高尚，在这个时代非常难得。为了嘉奖你，我将这瓶珍贵的美杜莎的血液送给你，希望你能用它医治更多的人。”阿斯克勒庇俄斯回答：“谢谢你，治病救人本来就是我的志向，我一定会继续努力救更多的人。”他靠着美杜莎之血，生死人，肉白骨，从冥王哈得斯手中救回众多人的生命。

但生死有命，他的行为无疑极大地干扰了生死秩序。为了世界的稳定，宙斯趁阿波罗不注意，用雷电杀死了阿斯克勒庇俄斯。阿波罗知道之后，作为报复，杀死了为宙斯锻造霹雳的独眼巨人。阿波罗还把儿子阿斯克勒庇俄斯的躯体化作星辰——蛇夫座，让他可以永远关怀着这片大地。

传说，阿斯克勒庇俄斯的祭司们常常使用宿庙求梦的办法治病，即让病人睡在神庙里，再向神祈福，献上祭品，这样，阿斯克勒庇俄斯就会在病人的梦境中出现，告诉他们正确的治疗方法。时至今日，阿斯克勒庇俄斯之杖已经成为欧洲医药学的象征，就连世界卫生组织也把它当成标志，足可见阿斯克勒庇俄斯影响之深远。

文：何荣峰
绘：刘婷

医神阿斯克勒庇俄斯

据阿斯克勒庇俄斯雕像（希腊埃皮达鲁斯剧场博物馆藏）创作

普洛墨透斯用水和土做成人类，又把火给他们，这是他瞒了宙斯在茴香杆子里藏了来的。

——《希腊神话》，［希］阿波罗多洛斯 / 著，周作人 / 译

不畏强权的人类救星

在古希腊，传说人类是某位提坦巨人的创造物。这位巨人便是大名鼎鼎的“盗火者”——普罗米修斯（又译作普洛墨透斯）。今天，就让我们一起看看他的故事。

普罗米修斯曾试着将泥土和河水混合，按照众神的模样，捏造出一个个泥人。为了让泥人能自己活动，他把动物灵魂里善与恶的部分，都灌注在泥人之中。只可惜动物的灵性并不足以让人类开慧，泥块像小动物一样，只有基本的应激反应。这时，雅典娜知道了此事。于是，雅典娜给泥人吹了一口仙气，泥人开始面露困惑，这意味着泥人拥有了思考能力，泥人终于变成了人。但这时候的人与我们现在的人类大相径庭，他们有目不视，有耳不听，空有器官与功能却不会运用。后来，人类学会了建造房屋、畜牧耕田等所有生活技能，这都是普罗米修斯的功劳。普罗米修斯就像一个勤勤恳恳的农夫，日日夜夜都为他培育出的人类劳心劳力，却不求一丝回报。

普罗米修斯虽是乌拉诺斯所生提坦巨人的后代，但当初他脱离了提坦巨人，投到宙斯麾下，协助宙斯打败了提坦巨人。然而，宙斯并不信任这位提坦巨人的后代。后来，以宙斯为首的众神，发现人类繁衍迅速且生活日益富足，因此自认为是世界主宰的众神，心有不满，想以保护人类的名义，索取人类的供奉。但人类与众神在供奉这件事上产生了分歧，于是双方便在希腊的墨科涅集会商讨，就像现在的联合国会议一样。人类和诸神的能力差距，像高山与低谷一样悬殊，普罗米修斯担心人类会因此被众神压迫，便自告奋勇地担任了人类的代表，想做人类最坚强的后盾。

果然不出所料，众神出言刁难人类，要求人类多供奉上等食物。这时，普罗米修斯想到了一个机智的办法。他宰杀了一头公牛，把公牛切成碎

块，分成两堆。一堆混杂了牛肉、内脏和脂肪，但被牛皮和牛胃包裹着。尽管内里丰富又美味，但外在看起来实在令人反感。另一堆都是骨头，上面却浇灌了热腾腾的牛油，香气四溢，看起来让人垂涎不已。普罗米修斯把这两堆食物拿到众神面前说：“尊敬的众神，我作为人类的代表，给你们准备了两份祭品，你们可以选择更喜欢的那份，日后人类的祭品就按这个标准。”宙斯闻到牛油的香味，情不自禁地选择了有牛油的那一堆。宙斯拨开一看到里面全是骨头，立马气得脸色发黑！他心知这是普罗米修斯故意为之，但碍于脸面无法发作，只能暂时忍下这口气。得到满意答复的普罗米修斯和人类兴高采烈地回去了。

宙斯回到宫殿后越想越气！脸色就像茄子一样紫。他思前想后，终于想到一个办法报复普罗米修斯。他故意把火种留在神界，而不分给人类。这样的话，人类只能茹毛饮血，受生肉里的病菌折磨。普罗米修斯心里明镜似的，知道这是宙斯的报复，但无可奈何。当时宙斯执掌神界，口含天宪，没有神敢违背宙斯的意志，否则便是重刑加身。普罗米修斯看见人类的悲惨境况，急得就像热锅上的蚂蚁。最终，内心的正义打败了对强权的畏惧，普罗米修斯决定用行动为人类开创后世太平。趁着太阳火焰车带着莲花一样的火焰驶过天际之时，普罗米修斯偷偷把火藏在一根茴香杆里，把它带给了人类。从此，分散各地的人类，用火取暖、烤制食物、驱赶野兽。人类的身体发育得越来越好，对自然的掌控力也越来越强，人类靠火焰走进了新的历史纪元。

至于普罗米修斯本人，终究还是受到了惩罚。宙斯派火神赫菲斯托斯将普罗米修斯锁在高加索山的岩壁之上，永世不能逃脱。宙斯觉得不够解气，还特意派了一只凶恶的老鹰每日啄食普罗米修斯的肝脏。而每当太阳落山，普罗米修斯的肝脏又会重新长好，第二天又被啄食。除非有人自愿替换普罗米修斯，否则痛苦将日复一日，永不停歇。直到有一天，大英雄赫拉克勒斯经过山脚，听完普罗米修斯的故事之后，心地善良的赫拉克勒斯心有不忍，一箭射死了老鹰。赫拉克勒斯还帮普罗米修斯把锁链打开，让普罗米修斯重获自由。但普罗米修斯和宙斯的仇怨并未消。直到有一次，赫拉克勒斯不小心用毒箭误伤了自己的恩师——人马兽喀戎，喀戎为了消除毒箭伤对他的疼痛折磨，自愿替换普罗米修斯进入冥府，宙斯才彻底放过了普罗米修斯。

被束缚的普罗米修斯

据［法］尼古拉斯·塞巴斯蒂安·亚当的雕像《普罗米修斯》（1762，法国卢浮宫博物馆藏）创作

文：何荣峰
绘：刘婷

潘多拉

那潘多拉即是诸神所造作的第一个女人。

——《希腊神话》，[希] 阿波罗多洛斯 / 著，周作人 / 译

由众神制造的绝世美女

我们常常会用“潘多拉的盒子”来比喻灾祸之源。但到底谁是潘多拉？

让我们把时间线拉回普罗米修斯刚刚把火盗回人间之时。远在奥林匹斯山的宙斯，看见人间的点点星火，心知是普罗米修斯违背了自己的旨意。新仇旧怨交杂之下，宙斯决心让人类和普罗米修斯付出惨烈的代价。他命火神赫菲斯托斯打造了一尊美女雕像，众神赋予雕像生命力、美丽、语言和装饰品，它瞬间变成了世间最美丽、精通一切的女子——潘多拉。

潘多拉对宙斯言听计从。宙斯把一个盒子交给她，对她说：“这是我送给人类的礼物，你替我去人间，把它送给普罗米修斯的弟弟厄庇米修斯。但你记得，打开盒子之后，会有很多黑烟涌出，黑烟快结束之时，你就立刻把盒子关上。”潘多拉把他的话记在心里，便来到了人间。潘多拉就像一块大磁铁，总是能吸引众人的目光，人们一见到她，就会惊艳于她的美丽。

在众人的目光中，潘多拉见到了厄庇米修斯。厄庇米修斯也没能抵挡住潘多拉的美丽，很快便沉沦在其中。潘多拉对他说：“宙斯派我给你带来一件礼物。”说完就拿出了那个盒子。

普罗米修斯曾经叮嘱弟弟厄庇米修斯拒绝一切来自神界的礼物，但看着潘多拉像宝石一样的精致脸庞，厄庇米修斯完全忘了这件事。潘多拉打开了宙斯准备的盒子，一时间黑烟滚滚，疾病、仇恨、罪恶、贪婪、嫉妒、盗窃等等邪恶像苍蝇一样纷纷从盒子里飞了出来。原本纯洁善良的人们，一接触到这些黑烟，立马变得为非作歹、无恶不作。厄庇米修斯看见这样的景象，大吃一惊道：“你给我们带来了什么东西！”潘多拉并不理睬他，眼见黑烟将尽，她又按照宙斯的嘱咐，使劲关上了盒子。原来盒子最底部是希望，可希望还没来得及出来，便被锁在盒中。从此，人世间罪恶横行，人心恶念丛生，不复美好桃花源。后来，宙斯见人类满是罪恶，便发大洪水毁灭了人间。只有普罗米修斯的儿子——善良的杜卡里翁和妻子靠着父亲的启示，躲在提前做好的大箱子里活了下来，重新繁衍人类，人类才得以延续至今。

潘多拉和魔盒

文：何荣峰
绘：刘婷

据［英］查尔斯·爱德华·佩鲁吉尼油画《潘多拉的盒子》（1893）创作

赫拉克勒斯

当他（伊菲托斯）去到宙斯的勇敢的儿子那里，就是那完成了无数伟业的赫拉克勒斯……

——《荷马史诗·奥德赛》，[古希腊]荷马/著，王焕生/译

经历重重困难的大力神

古希腊最强壮的大力士是大力神赫拉克勒斯。

赫拉克勒斯是宙斯和阿尔克墨涅公主的私生子，同样被妒火旺盛的赫拉处处针对。赫拉趁赫拉克勒斯还是一个婴儿时，就派两条花斑蛇去咬死他。但谁知，还是婴儿的赫拉克勒斯就力大如牛，两只小手直接把两条蛇捏成肉泥。长大后，他的力量与日俱增，很快便成为底比斯国最出名的大力英雄，娶了漂亮的公主为妻。

赫拉不愿意看到赫拉克勒斯诸事顺利，便施法让他短暂发疯，结果他不小心打死了自己的孩子。清醒之后，他悔恨万分，便去特尔斐神庙请示神谕，神谕告诉他：“你得给堂兄弟欧律斯托斯做十二件事，才能赎罪。”欧律斯托斯并不喜欢赫拉克勒斯，他在赫拉的怂恿下，故意让赫拉克勒斯去做那些最凶险的事情。就这样，为了完成任务，赫拉克勒斯杀死或收服了无数寻常人不敢靠近的怪兽，活捉了阿尔忒弥斯的灵鹿，清理了堆积成山的马粪，取得亚马孙女王的金腰带，摘得赫拉最宝贝的金苹果树上的苹果，还逮过冥界的看门狗刻耳柏洛斯。

但赫拉并没放过赫拉克勒斯。等他刚完成神谕的任务，赫拉又施法使他发疯杀人。这回，宙斯处罚他给翁法勒女王做三年奴隶。等到三年过后，他依旧德行优良。这回赫拉终于拿他没办法了。

后来，命运女神预言奥林匹斯山将会遇到灭顶之灾，需要世界上最强壮的人解救。宙斯怜惜赫拉克勒斯的才能，便用一张狮皮把他载到了奥林匹斯山，他才成为大力神。

果不其然，大地女神盖娅为了推翻宙斯的统治，偷偷生下五十个腿像蛇一样的巨人，打算靠他们攻打奥林匹斯山。这些蛇形巨人凶猛无比，无人能敌，最可怕的是，不论他们受到什么伤害，当他们一接触到大地，伤势就会瞬间恢复。赫拉克勒斯曾经对付过这样的敌手，只有他知道如何克制他们。他靠着绝世神力把这些巨人举在头顶，徒手撕裂他们的身体，让他们根本没有接触到地面的机会。就这样，赫拉克勒斯打败了蛇形巨人。

从这之后，赫拉也放下成见，把自己的女儿青春女神赫柏嫁给他，从此他在奥林匹斯山幸福快乐地生活下去。

大力神赫拉克勒斯

文：何荣峰
绘：陈云龙

据青铜像《赫拉克勒》（公元前 3 世纪，法国卢浮宫博物馆藏）创作

神明们怜悯他，唯独波塞冬除外，仍然心怀怨怒，对神样的奥德修斯，直到他返抵家园。

——《荷马史诗·奥德赛》，[古希腊]荷马/著，王焕生/译

好奇心十足的回乡者

奥德修斯是古希腊最了不起的英雄之一，在特洛伊之战中如日中天，功绩显赫。但他的回乡之路却满是泥泞和险阻，就像一曲跌宕起伏的悲歌，一路遇到的困难数不胜数。

特洛伊之战后，奥德修斯和同伴们一路辗转，来到了库克罗普斯巨人的领地。在这里，奥德修斯看见一个独眼巨人，这巨人形单影只，不和同伴来往。奥德修斯对这巨人充满好奇，便带上丰厚的礼物，和十二名同伴一起去山洞拜访他。这巨人像一座小山那么高，看起来憨憨傻傻，实则凶残无比。巨人根本不听奥德修斯多说，随手就抓住两个人，像吃炸鸡一样吃掉了他们。而后，巨人用石头把他们圈在山洞之中，就好像豢养的牛羊一般。奥德修斯痛恨自己因好奇心让同伴丧命，于是下定决心，要杀死这个巨人，替同伴报仇。

早上，巨人醒来又吃了两个人，便出门放牧去了。奥德修斯偷偷和同伴一起把巨人的棒槌削成一支长箭，用火烘烤，使它变得更坚硬。晚上巨人回到山洞，吃饱喝足后又呼呼大睡起来。奥德修斯和同伴便抓住机会，用尽全力把长箭戳入巨人的独眼。巨人在剧痛下疯狂地捶击地面，奥德修斯和同伴才得以逃出巨人的洞穴。独眼巨人之后向海神波塞冬诉说此事，使波塞冬对奥德修斯怀恨在心。

逃过巨人的魔掌之后，他们又乘船路过塞壬女妖们居住的海岛。每当船只经过，这群女妖便会变身为美丽的少女，用充满魔力的歌声诱惑航海者，抵挡不住诱惑的人便会沦为女妖的盘中餐。所幸女巫喀尔克事先告诉奥德修斯："只要用蜡把耳朵堵住，全力划船快速通过，就能幸免于难。"充满好奇心的奥德修斯想听女妖的歌声，便用蜡把同伴的耳朵堵住，又叫他们把自己绑在桅杆上。当奥德修斯被引诱想停留时，同伴们全力划船快速离开，最终才逃过一劫。

历经险阻，奥德修斯终于回到自己的王国。谁知他的王宫已被一群坏人所占据。这群坏人尽情地在王宫喝酒作乐，挥霍他的财富，还想强娶他的妻子，简直无恶不作。所幸，雅典娜一直眷顾着奥德修斯。在雅典娜的帮助下，奥德修斯成功地杀死了所有敌人，夺回自己的王位，与阔别二十年的妻子团聚，最终过上了幸福快乐的生活。

航海者奥德修斯

文：何荣峰
绘：陈云龙

据［古希腊］荷马著、王焕生译《荷马史诗·奥德赛》文字想象创作

埃俄罗斯的儿子西绪福斯建设了厄费拉……

——《希腊神话》，[希] 阿波罗多诺斯 / 著，周作人 / 译

足智多谋的国王

西绪福斯是科林斯（别名厄费拉）的国王，也是古希腊最聪明的国王之一。他对自己的王国了如指掌，臣民们都很喜欢他，但他的王国有个最大的问题，就是缺水。

有一天，西绪福斯遇到了来找女儿的河神埃索普斯。埃索普斯问他有没有见过自己的女儿，西绪福斯刚要张口告诉他，但仔细一想，这也许是一个得到水源的好机会，于是说：“我当然知道她在哪里，但你得帮我一个忙！”找到救命稻草的埃索普斯一听，抓着他的手激动地说：“你快告诉我，我什么忙都愿意帮你！”西绪福斯便说：“我的王国缺水，如果你愿意帮我们新开一口泉眼，我立马告诉你她在哪里！”河神松了一口气：“这还不简单！”他立马就施法在地上开了一口泉眼，泉水像晶莹的珍珠一样从地底喷涌而出。西绪福斯也是守信之人：“你的女儿被宙斯带走了。”埃索普斯闻言便怒气冲冲地去找宙斯。

宙斯正在和女神如胶似漆，结果被河神坏了好事。从此，宙斯便对西绪福斯怀恨在心。后来，宙斯派冥王哈得斯去惩罚西绪福斯，结果西绪福斯反问冥王：“按照程序，应该是赫尔墨斯来找我，你为什么会在这里？”哈得斯一下被问蒙了，结果西绪福斯趁机用绳子绑住了冥王。这下可麻烦了，哈得斯不在冥界，该死的人无法变成亡灵，生死秩序成一团乱麻。为了恢复秩序，众神只能派阿瑞斯去解救哈得斯。

冥王哈得斯被救走后，第一时间就派赫尔墨斯去向西绪福斯索命。但聪明的西绪福斯早就料到此事，特意让妻子不要安葬自己的遗体，也不要向冥国诸神献祭。看冥界的诸神一直都没有等到祭品，西绪福斯便假意对哈得斯说：“一定是我那蠢笨的妻子忘了此事，请您给我一个机会回去教训她！”哈得斯细想有理，便又把他放回家补祭品。就这样，西绪福斯再次骗过了众神，和妻子继续过上幸福快乐的生活。

后来，西绪福斯再次来到冥界时，哈得斯为了报复他，特意罚他每天把一块巨石从山底推到山顶。但每到山顶时，巨石又会滚到山下，就这样日复一日，不曾停歇。

文：何荣峰
绘：陈云龙

西绪福斯推石上山

据［意］提香绘油画《西绪福斯》
（1548—1549，西班牙马德里普拉多国家博物馆藏）创作

卡利俄珀与俄阿格洛斯……有利诺斯……以及俄尔甫斯，他善为琴歌，他的歌声能动木石云。

——《希腊神话》，[希]阿波罗多洛斯/著，周作人/译

冥界救妻的悲情音乐家

俄尔甫斯相传是色雷斯国王、河神埃阿格鲁斯（又译作俄阿格洛斯）与史诗的守护女神卡利娥珀（又译作卡利俄珀）的孩子，他从小音乐天赋过人，就连远在奥林匹斯山的阿波罗都听过他的音乐。爱好音乐的阿波罗十分欣赏他的才华，特意送了一把音色极其优美的七弦琴给他。这琴弦拨出的声音清脆优雅，变幻无穷，有时候像雨滴落在屋檐，有时又像弹珠与玻璃的合奏，听到的人无不飘飘欲仙。

俄尔甫斯有一个美丽的妻子名叫欧律狄克。夫妻俩新婚燕尔，情比金坚。只可惜天有不测风云，人有旦夕祸福。有一次，欧律狄克在花园里散步，突然一条毒蛇出现，在她的脚后跟上狠狠地咬了一口。可怜的欧律狄克两眼一黑，倒在地上，嘴唇青紫，不到一分钟便毒发身亡。

俄尔甫斯得知这个消息，顿时感到仿佛晴天霹雳。悲伤过度的俄尔甫斯丧失理智，竟决定以凡人肉体冲入冥界，求冥王开恩放过欧律狄克。他带着自己的七弦琴，走过冥府之路，渡过冥河，这才闯入宫殿见到了冥王哈得斯夫妇。

冥王夫妇都是铁石心肠，怎可能答应俄尔甫斯这违背生死律令的请求。俄尔甫斯无奈，便怀着无穷思念，用七弦琴奏出自己的心声，希望能够用琴声感动冥王夫妇。一曲终了，偌大的冥界竟鸦雀无声，就连冷若冰霜的冥后普西芬尼听完都流下了泪水。

冥王夫妇被俄尔甫斯的深情打动，愿意破例让他把妻子带回人间。普西芬尼把欧律狄克的灵魂召唤出来，对俄尔甫斯说："你可以把她带走了，但我得提醒你一件事，在你离开冥府大门前，绝不可以转头看她，否则你将会永远失去她。"

俄尔甫斯答应后便带着妻子离开。开始他还把冥后的嘱咐牢记于心，但走到一半他便开始想妻子的美丽脸庞。冥界大门就在眼前，俄尔甫斯的满腔思念，就像蚂蚁一样噬咬着他的内心。这让人发狂的想念，终于让冲动决堤，冥后的叮嘱被抛到九霄云外。俄尔甫斯终于忍不住转头看向欧律狄克。但当他回头的瞬间，妻子的灵魂像被磁铁不断吸引，一直倒退回冥界，转眼便又被无尽的黑暗吞没。俄尔甫斯见状心如刀割，绝望地大喊："不！"就这样，他再一次失去了自己的爱人。

文：何荣峰
绘：陈云龙

音乐家俄尔甫斯

据［丹麦］卡尔·安德里亚斯·奥古斯特·古斯绘
《俄尔甫斯与欧律狄克》油画（1826，丹麦国家美术馆藏）创作

埃特拉给埃勾斯生了一个儿子忒修斯……

——《希腊神话》，[希] 阿波罗多洛斯 / 著，周作人 / 译

勇敢的打怪英雄

忒修斯出身不凡，他是特罗增公主埃特拉生下的孩子，从小就在特罗增长大，直到他的母亲告诉他：“你的父亲是雅典国王埃勾斯，带着他留下的鞋子和长剑去找他吧。”他才独自一人前往雅典寻父。一路上，忒修斯打败了众多怪物和强盗，成为远近闻名的大英雄。当他找到自己的父亲埃勾斯时，埃勾斯虽然喜出望外，但眉头却皱成小山。

原来，邻国克里特国王米诺斯有一头半人半牛的怪物，名叫米诺陶洛斯。这头怪物以人肉为食，米诺斯好不容易用迷宫困住它，但还是不得已每年要给它提供人肉。为了保全自己的国民，米诺斯便以王子死在希腊为借口，出兵攻打雅典，想让雅典替自己提供人肉。兵力孱弱的雅典在强盛的克里特面前，就像鸡蛋一样脆弱。雅典国王埃勾斯为了国家存续，被迫答应每年进贡七对少男少女给米诺斯，雅典人民因此对埃勾斯日益不满。忒修斯来的时候，正好又到进贡少男少女的日子，所以埃勾斯才皱起了眉头。

忒修斯闻言，便自告奋勇要替父亲解决烦恼。他自愿替代了一名少男，伪装成贡品来到了克里特。他一到就被关进地牢，但却很幸运地遇见了美丽的克里特公主，便向公主表明了自己的身份与来意。公主不忍英俊帅气的忒修斯被活生生吃掉，便告诉他每天中午，米诺陶洛斯都会休憩，这是一个杀死它的好机会。公主对忒修斯说：“如果你愿意成事后娶我，我便尽全力帮你。”忒修斯看着公主的美丽容颜，干脆利落地答应了。公主还给了忒修斯一团棉线，这棉线能在迷宫中指引他找到方向。

忒修斯顺利地找到了正在午睡的米诺陶洛斯。这怪物有着牛的头，身体却是人的模样，锋利的牙齿就像刀一样晃眼，看起来恐怖无比。但忒修斯心比钢铁还坚硬，他抓住怪物头上的角，一剑刺死了怪物。杀死怪物的忒修斯回到雅典后，深受人们爱戴，被推举为新的国王，雅典也从此日益变得强盛起来。

文：何荣峰
绘：陈云龙

忒修斯屠杀米诺陶洛斯

据［法］安托万·路易·巴里雕像《屠杀弥诺陶洛斯的忒修斯》
（1843，美国大都会艺术博物馆藏）创作

后来阿克里西俄斯知道了她（达那厄）生子珀耳修斯的时候……

——《希腊神话》，［希］阿波罗多洛斯 / 著，周作人 / 译

杀死美杜莎的屠妖英雄

多情的宙斯与达那厄结合生下了一个私生子，名叫珀尔修斯（又译作珀耳修斯）。珀尔修斯刚出生，便和母亲达那厄一起被外祖父阿尔戈斯王锁在大箱中，投入大海。这惨剧源于阿尔戈斯王得到的一则神谕：“你的外孙将会夺取你的王位和性命。”但宙斯并不忍心看着爱人与幼子丧身深海，便暗中施法保护母子平安。

珀尔修斯长大后，就立志做一个世人传颂的大英雄。初生牛犊不怕虎，珀尔修斯更夸下海口，要把女妖美杜莎的头砍下来。凶狠的美杜莎可是最让人类害怕的女妖之一，但珀尔修斯二话不说，就背起行囊，在赫尔墨斯和雅典娜的指引下，踏上旅途。他先遇到了女妖怪格赖埃三姐妹。姐妹仨满头白发，就像七十岁的老妇人，而三人一共只有一只眼睛和一颗牙齿，得交替使用。珀尔修斯夺走她们的眼睛与牙齿，以此要挟她们说：“快告诉我神女住在哪里！”最终，他如愿找到神女帮他制作飞鞋、神袋和隐形头盔，这些东西能让人像鸟儿一样自由飞翔，而且隐没在空气中没有人看得见。赫尔墨斯还送给珀尔修斯一把锋利的剑，希望他能成功打败美杜莎。

美杜莎长相十分古怪，尽管身体和人很像，但头上每一根头发都是一条毒蛇，背后还有一对金翅膀。更可怕的是，不论是谁，只要看一眼美杜莎，就会变成石头。

珀尔修斯趁美杜莎正在午睡，用雅典娜送给他的铜盾牌当镜子，靠着镜子的反射，如砍瓜切菜一样，一下割下美杜莎的头颅。接着，美杜莎的身体里，突然飞出一只双翼飞马珀伽索斯，它自愿成为珀尔修斯的坐骑。

后来，珀尔修斯路过埃塞俄比亚，看见有一个美丽的姑娘被锁在海边悬崖上。原来她是这个国家的公主，她的母亲招惹了海神一家，海神便派了大海怪来消灭这个国家，除非把公主丢进海里喂鱼。纵使公主的父母如何疼爱她，依旧抵不过民众的强烈要求，所以她便成为牺牲品。珀尔修斯不忍心公主被海怪吃掉，便拼死杀掉了大海怪。国王和王后非常感谢珀尔修斯，便把公主许配给了他。

珀尔修斯屠杀女妖美杜莎

文：何荣峰
绘：陈云龙

据［意］安东尼奥·卡诺瓦雕像《提着美杜莎头颅的珀尔修斯》
（1804—1806，美国大都会艺术博物馆藏）创作

俄狄浦斯

她（珀里玻亚）收养了他，算作她自己的小孩，在医好了他的脚踝之后，便叫他作俄狄浦斯……

——《希腊神话》，[希]阿波罗多洛斯/著，周作人/译

与命运抗争的悲剧英雄

从前，底比斯国有一个国王叫拉伊俄斯，他在妻子伊俄卡斯达生子后，前往特尔斐神庙请示神谕，结果神谕告诉他："你的儿子将会杀父娶母。"国王十分害怕，为了改变自己和孩子的命运，他偷偷请一个随从，将孩子的踝骨穿在一起，把孩子丢弃在深山老林里，以为这样他们便不会再有关联。

谁知道有一个路过的猎人，听到孩子的哭声，心有不忍，就把孩子抱回了邻国科林斯。科林斯的国王和王后知道了这事。他们一直没有子嗣，见这孩子天真可爱，便把他抱回王宫当作亲生儿子抚养，这个孩子就是俄狄浦斯。

科林斯国王和王后视俄狄浦斯如己出，所以俄狄浦斯一直以为自己是国王和王后的亲生儿子。有一天，俄狄浦斯也去特尔斐神庙请示神谕，结果神谕告诉他："你将会杀死你的父亲，迎娶你的母亲。"俄狄浦斯心里万分悲痛，国王和王后对他的万般疼爱，都像电影一样回放在脑海里。最后，他也选择抵抗自己的命运，不告而别，离开了自己的父母。

俄狄浦斯无处可去，只能随意在各处奔走流浪。一天午后，他和一辆马车狭路相逢。这马车装饰豪华，一看就是贵族车辆。驾车的奴仆趾高气扬地挥舞着鞭子大喊："快给我滚开，别拦着我家贵人的路！"俄狄浦斯听完，心里就有点不满，但还是让开了道路。谁知那奴仆仍然不依不饶，还冲他吐了一口唾沫，想用鞭子抽打他的脸。这下俄狄浦斯可忍不住了，直接躲开唾沫，徒手抓住鞭子用力把那奴仆扯了下来。奴仆在地上滚了几圈，发出杀猪般的叫声。这时马车里的贵族发话了："快给我把这个无理的贱民杀了！"好几个仆人便前赴后继地冲向俄狄浦斯，要取他项上人头领赏。俄狄浦斯心知眼前的这群人都是凶恶霸道的贵族，便不再手下留情。最后，俄狄浦斯把马车里的贵族和大部分奴仆都杀死了，只剩一个老男奴如丧家之犬仓皇逃离。

俄狄浦斯并未在意这段小插曲，提着行李就继续上路了。很快他来到底比斯城外，发现城门紧闭。原来是有个人面狮身的女怪物蹲在城外的山崖上，看到人来就会抓住问一道谜题。如果答不上来，这个人就会被生生撕成碎片，至今还无人能从她削铁如泥的狮爪中逃脱。

了解情况后的俄狄浦斯很快解开谜题，他自信地来到怪物跟前。怪物把利爪抵在他的喉咙上，问他："远方的旅人，请你告诉我，什么动物早晨用四条腿走路，中午用两条腿走路，晚上用三条腿走路？"俄狄浦斯不假思索地说："是人。人在幼年时用四肢爬行，壮年时用双脚行走，老了拄着拐杖行走。"这怪物见俄狄浦斯说出正确答案，便呜呼一声，从悬崖上跳下去摔死了。

城里的人们看到凶恶的怪物被俄狄浦斯打败，纷纷欢呼着跑出城门，还把俄狄浦斯高高抛起，感谢他对底比斯国的恩情。正巧底比斯国的老国王前不久外出巡视因故暴毙，人们又听说俄狄浦斯是邻国科林斯的王子，便请他与守寡的王后成婚，继承国王之位。

俄狄浦斯本以为底比斯国的王后已年老色衰，想要拒绝。谁知王后戴着众神送给底比斯的青春不老项链，依旧花容月貌，闭月羞花。俄狄浦斯最终答应了这门婚事，与王后一起过上了幸福快乐的日子。

可惜好景不长，底比斯突发瘟疫，一时间尸体堆积成山，哀鸿遍野。他找到一个预言家询问如何解决瘟疫，预言家告诉他："只要找到杀死老国王的凶手，挖下他的双眼，瘟疫自然会烟消云散。"于是，俄狄浦斯四处寻访，看看有没有人知道线索。最后，他的部下给他带来一个男奴，说他是事件的目击者。结果俄狄浦斯一看，这正是之前逃走的那个老奴。那奴仆一看到他，大惊失色，指认他就是杀死老国王的凶手。俄狄浦斯闻言，心头就像中了一记重锤。福无双至，祸不单行。这时，有一个从科林斯来的使者请他回国，并告诉他，不要担心之前的神谕，他只是科林斯国王和王后收养的弃婴。而此时指认他的奴仆，正是几十年前负责把俄狄浦斯丢到山中的那个人。老奴听到此事，吓得瘫坐在地。俄狄浦斯经过一番逼问，发现底比斯国王才是自己的生身父亲，一直试图抵抗命运的他，终究还是逃不过命运的捉弄。心灰意冷的他，亲手挖出自己的双目，重新漂泊在异乡，忍受命运带给他的苦难。

俄狄浦斯和人面狮身怪物斯芬克司

据描绘俄狄浦斯和斯芬克斯的双耳瓶（前 450，美国波士顿美术博物馆藏）创作

文：何荣峰
绘：刘婷

但是后来阿勒克珊德洛斯抢走了海伦……

——《希腊神话》，[希] 阿波罗多洛斯 / 著，周作人 / 译

一个苹果引起的大战

传说，古希腊最声势浩大、荡气回肠的战斗非特洛伊之战莫属。这场大战的导火索起于奥林匹斯山的三位女神——赫拉、阿佛洛狄忒、雅典娜和一个苹果。

有一天，众神正在举行盛大的宴会，唯独没有邀请纷争女神厄里斯。她心有不满，偷偷把纷争之果丢在众神之间，并在苹果上写着：“送给最美丽的女神。”结果赫拉、阿佛洛狄忒和雅典娜为了最美之名大打出手！最后还是宙斯出面，才制止了她们。宙斯说：“你们抢来的名声无法让人信服，不如请一个人来做裁判。”女神们也认为这是好办法，宙斯便请英俊的特洛伊王子帕里斯（别名阿勒克珊德洛斯）担任裁判。帕里斯看着三位女神，眼睛都直了，思前想后也难以决定。三个女神分别用不同事物诱惑帕里斯把苹果给自己：赫拉愿意给他整个亚细亚的统治权，雅典娜愿意赠他无上智慧，阿佛洛狄忒愿意给他世间最美的女人。最终，帕里斯选择了美人，赫拉和雅典娜怒气冲冲地走了，阿佛洛狄忒便如约帮助他得到世间绝色——海伦。

谁知，当时海伦已是斯巴达国王墨涅拉俄斯的王后，但帕里斯依旧穿越爱琴海，靠着厄洛斯的爱情之箭让海伦爱上自己，把海伦带回了特洛伊。墨涅拉俄斯知道之后，雷霆大怒，决定倾斯巴达之力讨伐特洛伊。当初在海伦选择未来之夫之时，所有人便达成共识，如有人抢走海伦，众人都会帮助他夺回海伦。一时间，整个希腊联军浩浩荡荡像长龙般冲向特洛伊。

特洛伊地势险要，易守难攻，还有阿波罗的法阵环绕，希腊联军并未取得优势。这一战打了好几年，就连众神也纷纷选边加入了战团。最后，宙斯眼见人神平衡将被打破，便喝止了众神的行为，命令众神只许在奥林匹斯山上旁观，不得再插手这场战斗。

这下特洛伊人士气大振，把希腊联军打了个落花流水。希腊联军便决定退军，只在原地留下一个巨大的木马。特洛伊人见敌人退去，便高兴地出城收获战利品，还把希腊人留下的巨大木马搬进城中炫耀。结果到夜晚，木马中突然爬出了掩藏的希腊士兵，他们打开城门，将希腊军队引入城内。这回特洛伊人失去了地利，溃不成军，最终被希腊人打败。

特洛伊木马

文：何荣峰
绘：陈云龙

据特洛伊遗址装置艺术《特洛伊木马》（位于土耳其恰纳卡莱）创作